Gib Pfötchen und lieb mich
Kapitel 1

7:53
Magisches Schnick-Schnack-Schnuck!
Seid auch morgen wieder dabei!
Dann zeigen wir euch wieder magische Wunder!
Liebe und Träume verändern die Welt!
Magical Miracle! Nur Mut!
Denn dein Mut...
... wird zu deiner Magie!

anim

Gib Pfötchen und lieb mich

Inhalt

Der Anime Magical☆ Miracle wird jeden Morgen um 7:30 Uhr ausgestrahlt.
Das sind die Heldinnen meiner Jugend!
BIEP!
Und wenn die Serie endet...
... binde ich meine Krawatte...
... kämme meine Haare...
... schlüpfe in meine harten Lederschuhe...
TSCHK
KRIEK
... und werde zu einem einfachen Angestellten.

Momose, hast du einen Blick auf die Unterlagen geworfen?
Ja.
Als Nächstes sind wir beim Nishihashi-Kaufhaus.
Das wäre eine große Sache, wenn sie unsere Ware aufnehmen würden.
Ja...
Ist das heiß...
Momose! Beeil dich!
Ja! Entschuldigung.
Ich hasse den Sommer.
Da kommen immer nur schlechte Erinnerungen hoch...
ZIRP
ZIRP

あはは
AHAHAHA!
»Momo ist 'ne Mumu!«
»Du Tunte!«
»Guckt mal, diese wirren Haare! Und die uncoole Brille!«
»Der Kerl sammelt Karten von Magical Miracle!«
ギャハハ
HAHAHAHA!
»Voll eklig!«
Hört auf, mich auszulachen!
あはは
AHAHAHA!
Hört endlich auf!
あははははは
AHAHAHAHAHA!
Hört auf!

...
...se...
Momose!
HAH?
Alles okay?
J... Ja...!
Tut mir leid, die Hitze setzt mir etwas zu.
Trink das, dann gehen wir.
Aber übernimm dich nicht, wenn es dir nicht gut geht.
Ja ... Dan-ke.
Was machen die denn da...?

Magical☆Miracle
Das ist doch ein Anime für Kinder!
Nein, das sehen auch viele Erwachsene...
Haben die etwa keinen Job?
UWAAAH
Wer weiß...
ZIRP
Das sind doch erwachsene Männer.
ZIRP
Ist ja abartig.

Ich hasse den Sommer.
Weil die Zikaden so einen Lärm machen.
Achja, heute fängt Sadamura bei uns an, oder?
Sadamura ...?
Er hat mit dir...
... angefangen, aber in einer anderen Abteilung. Und er ging direkt zur Fortbildung ins Ausland, daher kennt ihr euch nicht.
Ah...
Er ist der Sohn des Chefs. Das macht es kompliziert.
Aha.
Ihr habt's auch nicht leicht.
?
Wenn einem Kollegen die Karriere auf dem Silbertablett serviert wird...
... ist das nicht gerade motivierend für den Rest.

Aber na ja, er hat einen älteren Bruder.
Der wird eh die Firma übernehmen.
Karriere wird der jüngere trotzdem machen.
Ich setze meine Karten auf dich!
Du bist gut, fleißig und wirst gemocht!
Ja... vielen Dank.
PATT PATT
Elite...
... Karriere...
... die Firma...
...gute Leistungen...
...Erwartungen...
Ich glaube kaum, dass irgendwas davon zu mir passt.
Diesen Job...
... mach ich schließlich auch nicht, weil ich unbedingt will.
Ich hatte an der Oberschule und an der Uni gute Noten...
... und bewarb mich hier nur, weil ich dachte, bei einem berühmten Konzern sei ich auf der sicheren Seite.

Du hast echt ein Händchen für den Vertrieb!
Du bist nicht aufdringlich…
… sondern vermittelst dem Gegenüber ein Gefühl von Sicherheit.
Warum wechselst du nicht von der Entwicklungs- in die Vertriebsabteilung?
Ich nehm dich unter meine Fittiche!
HAHAHA!
Nicht doch…
Ich habe nur den Inhalt erläutert. Ohne Sie, Herr Sakazaki, hätten wir den Vertrag niemals abgeschlossen.
Der freut sich aber…
PATT PATT
HAHAHA!
Und genau dafür wirst du so gemocht!
Wir sind zurück!
Ab nächstem Monat geht's hier rund!
Sie haben den Vertrag?
Glückwunsch!
Und wo ist das Söhnchen des Chefs?
Herr Sakazaki, man kann Sie hören!
Na und?
Dort drüben ist er.
Oh, sofort von Damen umringt.
Ich dachte erst, das wäre ein Promi.

GATAMM
...
Was ist los, Momose? Alles okay?

Das ist doch...!
Momose? Alles okay?
Momose...?
Nein...!
Boaaah!
Wie uncool!
ZIRP
ZIRP
Tunte! Momo ist 'ne Mumu!
Hört auf!
W...Was willst du denn?
Ihr seid hier uncool!
H...Hey, das ist der Kerl aus dem Ferienhaus...
Der is' stinkreich...!
Ein Schnösel?!
UGH!
Na und?
WPP
Der is' riesig!
G...Gehn wir!
TRAPP
TRAPP

Er hat mir geholfen...?
Wie cool...
Das ist...
... als hätte er die Bösen besiegt...
D...Danke...

* Pochi ist ein typischer Hundename in Japan.

Angst vor ihm hatte ich nicht.
Ich hab gesagt, du sollst bis um neun hier sein!
Er hatte mir geholfen, also blieb mir nichts anderes übrig, als zum Dank zu seinem Hündchen zu werden...
U...Und ich hab doch gesagt, dass ich noch verabredet bin...!
Sag andere Verabredungen ab!
Waaas ...?!
Ich musste sein Gepäck schleppen...
Das ist schwer!
Es ist heiß!
... seine Hausaufgaben machen...
Mach hin!
Gib Pfötchen.
... und irgendwelche komischen Spielchen mitmachen.
Dreh dich!
Die ganzen Sommerferien lang wurde ich gedemütigt!
Und dann, am letzten Augusttag...
Endlich bin ich frei...!
Hey, Pochi!
Nächstes Jahr komm ich wieder.
Merk dir das Gesicht deines Herrchens!
DOOOONK
Letzten Endes...

... ging das die nächsten drei Jahre meiner Grundschulzeit so weiter, bis ich zur Mittelschulzeit nach Tokyo gezogen bin.
Jedes Jahr wurde ich wieder zu seinem Hündchen und meine Sommerferien wurden zur Hölle auf Erden.
Und jetzt stehe ich diesem Albtraum wieder gegenüber...
Diese Firma gehört also seiner Familie...?!
TOCK
TOCK
TOCK
TOCK
TOCK
Sie sind Herr Momose, richtig? Wir haben zur selben Zeit angefangen.
Ich bin Sadamura.
Freut mich, Sie kennenzulernen!

Äh... Ja...
Geht es Ihnen gut? Das war ein heftiger Sturz.
Mir... geht's gut...
Danke.
LÄCHEL
LÄCHEL
Wir sind zwar in anderen Abteilungen, aber auf gute Zusammenar-beit!
LÄCHEL
Na klar... mein Haar war damals ganz zottelig und ich hab eine Brille getragen.
Meine Klamotten waren total uncool...
... und man sagt mir oft, mein Gesicht sei nicht sonderlich einprägsam...
Er... erinnert sich nicht an mich ...?
F...Freut mich...

TAUMEL
TAUMEL
Haah ...
Ich bin fix und fertig...
Er ist in der Planungsabteilung, also sehen wir uns in Zukunft sicherlich kaum.
Vergiss ihn einfach!
Haah ...
Toranohara
DVDs Games Bücher Comics
Genau! Ich darf mich davon nicht runterziehen lassen!
Ich kauf mir ein paar Goodies zum Kinofilm Magical ☆ Lilical, zu denen es limitierte Character Cards gibt!

Die Bücher gehören zur Aktion...
... also bekommen Sie zwei Character Cards dazu.
Haben Sie eine Punktekarte?
Ja.
Möchten Sie Punkte verwenden?
Nein, danke.
Ich hoffe auf meine Favoritin Maririn...
Aber Eririn sieht diesmal auch supersüß aus...
HACH!
HACH!
RASCHEL
RASCHEL
Character
BADUMM
BADUMM

Uooooooooh!
Maririn
Eririn und Maririn!
Und von Maririn ist's auch noch die glitzernde Secret Card!
Das Poster vorm Laden fotografiere ich auch gleich mit!
Abends ist die Fotoqualität nicht so toll...
Mittags wäre das Foto sicher besser geworden...
»Haben die etwa keinen Job?«
»Das sind erwachsene Männer. Ist ja abartig.«

Das denkt man...
...jetzt sicher auch über mich.
Schnell ab nach Hause...
Ich hab dich geseeehn!
SCHOCK

Momose aus der Entwicklungsabteilung...
... hat ein Foto von einem Mädchen-Anime gemacht...
Lange nicht mehr gesehen!
Du magst diesen Anime also immer noch!
Hast du dich seit der Grundschule denn gar nicht weiterentwickelt?
D...Du e...er...
...erinnerst dich...?!

Die anderen werden geschockt sein, wenn sie erfahren...
... dass der fleißige Momose auf kleine Mädchen steht.
Kleine Mädchen?!
Ist doch so?
Du weißt ja wohl gar nichts über Magical ☆ Miracle, oder?!
Maririn ist die einzige Oberschülerin in der ganzen Magical-Serie!
Sie ist zwei Jahre älter als Eririn und Yayurin! Und das ist so süß an ihr!
KH
Das würd ich ihm am liebsten sagen...
... aber ich hab Angst, dass er mich wieder zu seinem Sklaven machen will...
LÄCHEL
Du hast dich echt nicht verändert.
Hä?
Nein, warte, wir sind beide erwachsen...
Ihm ist es sicher peinlich, dass er mich damals so ausgenutzt hat...
Er ist sicher auch reifer geworden...
PUH...

Mein Hündchen hat sich...
... kein Stück verändert!
Oder auch nicht...!
Schönen Abend noch!
SCHLEICH
Warte mal.
GRABSCH
カッ
Wa...
Was ist?

Das Foto ist echt gut geworden, oder?
WAPP
SST
Was mach ich nur damit?
Auf Insta hochladen?
Die Mädels in der Firma sind alle...
Lösch es!
Der hatte damals schon einen bescheidenen Charakter...
... aber jetzt ist er ja noch schlimmer!
Hach...
Wirklich ein tolles Foto!
Ich soll was?
ZUCK
Hah?!
Bitte... lösch es...

W...Was soll ich tun...?
Damit du es löschst...?
Dasselbe wie früher.
Wenn du einen Monat lang mein Hündchen spielst...
... dann lösch ich es.
Magical☆M

Wa...?!
Hach, da werd ich ganz nos-talgisch.
Erinnert mich an die Sommerferien in der Grund-schule!
D...Du hast ja wohl 'nen Knall! Was glaubst du, wie alt wir jetzt sind...?!
I...Ich will nie wieder...
... an diese Sommerferien zurückden-ken...!
Aha...

Dann kann ich das Foto...
... also allen zeigen, ja?
Ich will doch nur... ein einfacher Ange-stellter sein...
GRIP
N...Nur eine Frage...
Wieso einen Monat lang?
Die Zeitbeschrän-kung gab's doch früher nur, weil du nicht länger in der Stadt warst.
Du wirst nach dem Monat...
... nicht etwa sagen, dass du das Foto doch nicht löschst?

Du vertraust also nicht darauf, dass ich mein Wort halte?
Wie sollte ich auch?!
Du willst mich wie dein Hündchen behandeln!
Für mich war der Monat damals nur ein netter Zeitvertreib.
Ich hab nicht die Zeit, das über mehrere Monate zu machen!
Stimmt, für ihn war das sicher nur ein Zeitvertreib...
So komisch ist der nicht drauf, als dass er das über Monate hinweg fortführen wollte...
Also gut.
Einen Monat...
Und dann ist gut, ja?

Ja.
Verspro-chen!
Na gut...
Hier, meine Nummer.
Merk oder notier sie dir.
Hä?
Weck mich morgen um halb acht.
Hä?!
Das heißt nicht »Hä« sondern »Jawohl«!
Bis dann...
... Pochi!

D...
D...
Dieser Scheißkerl...!
Da sind sie wieder...
... meine Sommerferien der Demütigung...!
Dieser Sommer wird die Hölle...!
Kapitel 1 Ende

Gib Pfötchen und lieb mich
Kapitel 2

7:18
marin
...
HAAH..
Ich hatte gehofft, das gestern wäre nur eine Wahnvorstellung aufgrund der Hitze...
Morgen 7:30 Uhr! Nicht vergessen, Pochi! (lol)
... aber ich hab seine Nummer eingespeichert...
... und mitten in der Nacht kam mein heutiger Befehl...
»Gehorche meinen Befehlen...«
»Pochi!«
»... Pochi!«

Dieser Rotzbengel ist nur körperlich erwachsen geworden!
Hallo?
Ah... Hier Momose...
Es ist 7:30...
Hä?!
Es ist erst 7:20 Uhr!
Das machen wir schön noch mal!
TUUUK
TUUUK
TUUUK
TUUUK
TUUUK
TUUUK
W...

Willst du mich verarschen?! Steh gefälligst allein auf! Du bist doch erwachsen!
Du hinterhältiger Diktator! Fahr zur Hölle!
Wenn ich ihm das doch nur direkt sagen könnte...
Aber wegen des Traumas durch unsere Vorgeschichte kann ich mich ihm nicht widersetzen...
Was für ein Albtraum.
Um 7:30 geht's weiter mit Magical☆ Miracle!
Bleibt dran, ja?
Ich will das genießen...
Ich hab meinen Lieblingsanime geschaut, mich danach fertig gemacht und bin als normaler Angestellter zur Arbeit gegangen...
Doch nun bröckelt mein stinknormaler Alltag vor sich hin...

Ich muss nur einen Monat durchhalten...
TSCHACK
... dann kehrt in meinen Alltag bestimmt wieder Frieden ein!
Du bist aber früh dran.
Sonst war ich immer der Erste im Büro...

Ich bin halt früher hier...
HAAAAH
... weil mein Hund nicht die Uhr lesen kann und mich zu früh geweckt hat!
Huch, Sadamura? Du bist aber früh dran.
TSCHACK
Normalerweise sind Momose oder ich die Ersten.
Ich mache uns einen Tee!
Nicht doch! Als Neuling ist das meine Aufgabe!
Äh?
Ich weiß nicht, ob ich so guten Tee machen kann wie Sie, Frau Murata...
LÄCHEL
... aber ich gebe mein Bestes!
Uwaaah...
Dieses Schlitz-ohr...!
Ich würde ihr ja so gern sagen, wie der wirklich drauf ist...
KYAH!

Darum...
... werden die Planungs- und die Entwicklungsabteilung gemeinsam ein Event planen.
Es soll ein ziemlich großes Event werden.
Ich hoffe, dass unsere Neulinge sich hier reinhängen.
Im Ernst ...?!
Nitta sieht motiviert aus!
Uwah... wir sollen sogar Samstag und Sonntag arbeiten?!
Ja! Ich hab hier angefangen, weil ich als Kind Guru-Guru-Gummis so mochte!
Guru-Guru-Gummis...?
Und diesmal bringen wir ja eine neue Sorte davon raus!
BLÄTTER
Planungsabteilun
Sadamura, Naoto
Hikarimura
Ugh...!
Bitte nicht ...!
Am Wochenende sind Events! Und ich will daheim Anime schauen!

* leidenschaftlicher Anime- und Manga-Fan

** kurz für »Comic Market«, Japans größte Messe für Amateurmanga, die zweimal im Jahr stattfindet

Ich finde Momoses Arbeitsweise auch wirklich gut!
Wenn das hier gut läuft, wird dich das sehr weit bringen!
Du bist doch mit an Bord?
STRAAAHL
IIEK!
Ihr setzt mich voll unter Druck...!
Seit wann gelte ich denn als Vorzeige-angestellter?!
Ich hab doch nur versuch nicht negativ aufzufallen, und das hab ich nun davon...!
Stimmt, Momose passt perfekt!
So gut wie er bisher gearbeitet hat, sollte er das übernehmen!
Stopp! Stopp! Stopp! Stopp!
Du machst das doch?
圧。 DRUCK.
Wir zählen auf dich!
Bei Erfolg könnte eine Beförderung winken!
圧。 DRUCK.
Na, Momo-se?
Momo-se!
Entschei-det das...
Mo-mose kann das!
圧。 DRUCK.
圧。 DRUCK.

... doch nicht einfach über meinen Kopf hinweg...!
Ich bin an Bord...
BLUBB
BLUBB
Ich bin geliefert.
Was, wenn ich ein Ticket zu Mimipons (Synchronsprecherin) Bus-Tour gewinne...?
Ist das stornierbar...?
Ich will nichts stornieren...
Ich brenne weder so für den Job wie Nitta...
Hier! Ich!
... noch bin ich so ehrgeizig wie Herr Sakazaki.
Ich mach das!
Karriere!
Es ist viel einfacher, das zu tun, was einem aufgetragen wird.
Es gibt auch nichts, was ich unbedingt selbst machen will.
Die einzige Zeit, in der ich einfach ich selbst sein kann...
... ist die, in der ich alleine Anime schauen kann.

Bevor man mir diese Zeit klaut...
... werde ich lieber arbeitslos...
Hey!
SCHRECK
HAHA!
Was erschreckst du dich denn so?
DRUCK
D...Da ist er...
BADUMM
ADUMM
Bis dann...
Wieso hat meine Abteilung keine eigene Küche...?
WAMM

Hau ja nicht ab!
HIIIH!
SCHAUDER
Kaffee.
Häh?!
Mach mir einen Kaffee!
KH...
...

Ach ja...
Du bist bei dem Projekt dabei, hab ich gehört?
AUF-DIE-DELLE-RÜCK
Sehnst du dich so sehr nach deinem Herrchen?
WUPP
Von wegen!
Als ob ich mit so einem scheinheiligen, niederträchtigen Diktator wie dir Zeit verbringen wollen würde!
HAH!

Ich muss an die Arbeit...!
FLÜCHT
Samstag um 10 Uhr.
Hä...?
W... Was ist da...?
Ich geh einkaufen, und du trägst mein Gepäck.
Dummes Hündchen.
Hä? Sams-tag?!
Sei pünkt-lich.
Ich kann nicht!
Samstag ist...!
... ein Syn-chronspre-cher-Event zum Magical-Miracle-Kinofilm...!
Bis dann!
Sams-tag...
... ist was?
DODOMM
... rein gar nichts.
WINK WINK
Da ich einen Packesel hab, kauf ich lauter schwere Sachen!
Bis dann!

Menno...!
Das ist echt das Letzte...!
Magical ☆ Miracle Special Event
Maji Mira Kuro Koru
1. Vorstellung am XX.XX.XX (Sa)
Einlass: 15:00 Beginn: 16:30
Wenn er mich bis 14:30 gehen lässt, schaff ich's vielleicht noch irgendwie...
Das Ticket war superteuer! Ich will's nicht verfallen lassen!
ZUCK
Hi!

Heute konntest du die Uhr also richtig lesen!
Guter Junge!
DOOM
Das Traurige ist ja, dass ich gerade so einen wichtigen Tag mit so einem bösartigen Kerl verbringen muss...
Herzlich willkommen!
Es gibt wohl keinen Gott in dieser Welt...
Herzlich willkom-men!

Wie geht es Ihrem Vater?
Sehr gut, danke!
D...Der Kerl da sieht super-wichtig aus...
Er ist eben der Sohn eines Konzernchefs, ob er will oder nicht.
Oh, was für ein cooler Geldbeutel!
Sieht auch praktisch aus.
Das große Münzenfach ist ja toll!
Praktisch für Events!
Und das Violett ist Maririns Farbe...!
Gött-lich...!
¥289.000
* ca. 2.300 €
289.000 ¥*...?
Das ist nicht göttlich! So gar nicht!
Der Preis ist ja voll daneben!
Dafür kriegt man 20 Maririn-Figuren!
¥20.000

Hey!
Wir gehen!
Was hat er gekauft?
Wenn schon ein Geldbeutel 280.000 ¥ kostet... wie teuer ist dann ein T-Shirt? 100.000 ¥?
Wie viele Maririn-Figuren sein Einkauf wohl wert ist...?
Was ist?
Was starrst du so?
Ach, nur so. War ein teurer Laden.
Ja...
Wie teuer war das T-Shirt?
Acces-soires sind da relativ teuer...
... aber Kleidung an sich nicht.
Das T-Shirt hat auch keine 5.000 Yen ge-kostet.
Mit unserem Einstiegsge-halt kann ich mir doch keine mordsteuren Klamotten leisten.
Aber dein Vater ist doch unser Chef...?
Ja, mein Vater.
Kaufst du etwa vom Geld deines Vaters ein?
Nein.
Siehst du.

Ich muss zu einem Elektronikladen.
Mein Ladegerät ist kaputt.
Ich dachte, er wäre mehr der tyrannische Prinz...
Geld?
Hab ich mehr als genug! Hahaha!
わはははは
WAHAHAHAHA
Aber anscheinend...
... ist er doch ganz bodenständig.
Nikko Elektrowaren
...
Ist ja schön, dass er so anständig ist...
... aber wie lange kann man brauchen, um sich für ein Ladegerät zu entscheiden?!
Das hier ist 500 ¥ billiger...
NEEERV
13:00 Uhr... Noch könnt ich's schaffen...

... verän-
dern die
Welt...!
ピクッ
wupp
Magical☆
Miracle!
Der be
Preis!
Fernsehger
Beleuchtung

Hach, das Opening der 5. Staffel ist göttlich...!
DONK
Hey, ich bin fertig!
Das tat weh!
Hat der mich ernsthaft gehauen?!
Aber mit Einkaufen ist er fertig, also kann ich bald gehen...
Durchhalten...!
Ah! Das ist ja Magical☆ Miracle!
Das 5. Opening!
Meine Seelenverwandten...!
Staffel 5 ist der Hammer!
Ich versteh euch...!
Aber ich will nicht, dass der Typ neben mir das hört...!
Eririn ist die Beste!
Diese Kerle...
ZUCK
Hä?
... sind deine Brüder im Geiste, oder?
Nei...
Äh...
Der will sich bloß wieder über mich lustig machen...!
Und wenn schon ...?!
Na ja, das hat er ja schon die ganze Zeit...

Nichts.
Mit ihrer Leidenschaft...
... erinnern sie mich eher an Kinder.
Komischer Kerl...
Jeder macht sich lustig...
... über uns Otaku.
Also, warum...
... sagt er das dann so erfreut...?
Gut, gehen wir essen.
Ähm, aber, du bist doch fertig mit Einkaufen?
Dann lass mich gehen...
»Lass mich gehen«?!
DREH
IEK!
Bi...
Bitte... lass mich gehen...
Willst du dich mir widersetzen?
Ugh...
Gehen wir, Pochi!
Aaaah...!

Mein Event...!
Ruhe in Frieden, mein teures Ticket...
Na los, mach schon!
Na bo ri
Was glotzt du so?
Tu ich nicht...!
Der Laden ist so... normal... fast niedlich...
Ich hab mich deinem Niveau angepasst, Pochi.
HA!
ピキ
NERV..
Zwei davon, bitte.
Du bestellst für mich?!

* Mit Tomatenreis gefülltes Omelett.

Er macht mich noch verrückt...
Er bringt meine Pläne durchei- nander...
... ärgert mich in der Firma...
... und schleppt mich heute durch die halbe Stadt.
Aber...
... anders als in der Firma, wo es mir die Luft abzuschnüren scheint...
... fühle ich mich, wenn ich mit ihm zusammen bin, als könnte ich frei atmen.

Das Ticket ist jetzt verfallen...
Magical ☆ Miracle Special Event
Maji Mira Kuro Koru
1. Vorstellung am XX.XX.XX (Sa)
Einlass: 15:00 Beginn: 16:30
... aber da kann ich jetzt auch nichts mehr machen.
Zählst du etwa die Anime-Goodies in deinem Rucksack?
Als ob!
Der nervt echt!
Ich geh kurz aufs Klo...
Was ist mit Des-sert?
Für mich nicht, danke...
GATAMM
...

ジャ
BSCHHH..
SEUFZ...
はぁ..
Jetzt konnte ich gar nicht zum Event...
Was will der eigentlich von mir?
Er hat mich gar keine schweren Einkäufe schleppen lassen.
Was wollte er dann...?
TSCHACK

SCHRECK
Uwaaaah!
? Hast du mich erschreckt! Willst du aufs Klo? ?
Äh...?
Der sieht total ange-fressen aus...?
Was ist denn jetzt?!
Bis vorhin sah er doch eher gut gelaunt aus! Als hätte er Spaß! Oder?!
ZUMM
Was ist denn passiert, während ich auf dem Klo war?!

Hey!
Schlägt der mich jetzt...?
KNEIF
Rennen wir!
Hä?
Was...?
Äh... Geld...?!
Hab schon bezahlt! Gehen wir zur Hauptstraße, ich ruf uns ein Taxi!
Halt, mein Ruck-sack!
Hab ich dabei!
Und ein Taxi? Wozu...?!

Halt die Klappe! Ein Hündchen schweigt und läuft hinterher!
Also hör auf rumzukläffen!
Wa...?!
Dann lass mich doch gehen! Ich wollte zum Event!
Dem ist sicher klar, wie sehr er mich damit nervt!
Verdammter Tyrann!
Alles klar. Dem muss wirklich verflucht langweilig sein!
Der hat einfach keine Freunde und das ist an seinen freien Tagen sein einziger Zeitvertreib!

Bösartiger Mistkerl! Fahr zur Hölle!
TOKYO LM HALL
Hä...?
Das ist ja...
... der Veranstal-tungsort ...?
Fängt doch um 15 Uhr an? Also geh schon!
Äh...? Woher weißt du das...?
Ich hab deinen Rucksack durchsucht, weil du vorhin sabbernd darin gewühlt hast.
Was fällt dir ein?!
Ich hab nur gecheckt, dass mein Hund auch nichts futtert, was er aufgesammelt hat.
NERV

* Bezeichnung für Charaktere, die sich zickig und unnahbar geben, einen aber eigentlich sehr gernhaben.

Dann steckt hinter seinem ganzen Verhalten also...
Sag mal, kann es sein...
... dass du schon seit unserer Kindheit...
... eigentlich mit mir befreundet sein wolltest?!
Hä?!
Aber wieso?
Hast du keine Freunde?
Weil du so fies bist...
Lass den Mist!
Tut mir leid!

Jetzt hau schon ab, sonst leg ich dir wieder ein Halsband an und wir gehen Gassi!
Ich geh ja schon!
Sorryyy!
Bis dann!
Und danke!
Dieser Köter...
... wedelt auch noch so freudig mit dem Schwanz...
Kapitel 2 Ende

Mach Platz!
Gib Pfötchen und lieb mich
Kapitel 3

TSCHILP
TSCHILP
PSSCH
...
Hätte ich jetzt Zyankali bei mir...
... würde ich es vermutlich hier reinmischen.
PFSCHHHH
Hey, Pochi!
Bist du noch nicht fertig?!
Sag bloß, du machst mir Toastbrot dazu?
Ich ess morgens aber lieber Reis!

ガシャーンッ
GASCHAMM
Das Frühstück ist fertig...
... werter Herr! (*Gib Ruhe und iss!*)
Warum ich so traurig bin?! Ich wurde um 6 geweckt...
... um einem Arbeitskollegen bei ihm daheim Frühstück zuzubereiten...!
Hey, Pochi!
Du hast gerade gedacht: »Gib Ruhe und iss!«, oder?
Was...?!
Woher wei...?!
Du hast es also gedacht!
Hih!
Nein!

SEUFZ
Wie bei einem Hund weiß man bei dir auch immer, was du denkst!
Huch?
Du wirst nicht wütend?
Willst du, dass ich wütend werde?
IIEK
Nein! Keines-falls! Bitte nicht!
Weil ich der Sohn eines Kon-zernchefs bin...
... schlei-men sich alle immer nur bei mir ein.
Du bist der Einzige, der sich deut-lich angewi-dert von mir zeigt.
...

Der hat wohl auch so seine Probleme... auch in Bezug auf andere...
Hey!
Das Brot ist nicht braun genug getoastet!
Mach's noch mal!
... oder auch nicht!
Süßwaren für Erwachsene erfreuen sich immer größerer Beliebtheit.
Guru-Guru-Gummis galten bisher als Süßigkeiten für Kinder...
... aber wir wollen das Event nun gezielt an Erwachsene richten.
Wir werden es hauptsächlich über soziale Netzwerke bewerben...

Verflucht! Jetzt muss ich auch noch bei der Arbeit mehr Zeit mit ihm verbringen…?
Gibt es in dieser Welt wirklich keinen Gott…?
Habt ihr irgendwelche Einwände?
Nein! Das Meeting soll schnell enden!
Dürfte ich?
Was ist, Sadamura?
Ich sehe nicht, wie sich das bei dem Produkt lohnen soll.
Es sind nun mal Süßigkeiten für Kinder. Das würde ich gern beibehalten, aber neu aufziehen.

Diese Gummis sind für Kinder.
Ich verstehe nicht, warum man das auf Biegen und Brechen anders darstellen will.
Wer widerspricht denn bitte Vorschlägen, die von oben eingebracht werden?!
Hat der 'nen Knall...?!
STILLE...
Siehst du?! Die Stimmung ist im Keller!
FLÜSTER FLÜSTER
Die Vorgesetzten sind auch alle leicht genervt!
Nun gut, dann überlegen wir uns alle bis zum nächsten Mal...
... in welche Richtung wir gehen wollen.
Das war's für heute.
H... Hey...!

Was ist denn?
Willst du Gassi gehen?
Nein, Mann!
Bell nicht so rum!
GRINS
GRINS
Behandle mich nicht wie einen Hund!
Darum geht es jetzt aber nicht!
Du solltest auf deine Wortwahl achten!
Das wollte ich dir sagen.
Meine Wortwahl?
Wenn unsere älteren Kollegen einen Vorschlag einbringen, können wir Neulinge da nicht rein-grätschen.
Das sorgt nur für komische Stimmung.
Hab ich was Falsches gesagt?
Das Produkt bleibt doch dasselbe.
Wenn wir das Projekt so durchführen, wie sie es uns vorgeben...

Also, wie würdest du es finden, wenn dein liebster Anime für Kinder...
... auf Biegen und Brechen an Erwachsene gerichtet beworben würde?
Schleimt euch nicht ein, ihr Dreckskerle...!
... würde ich denken.
Siehst du?
Aber Anime sind was anderes!
Vergleich das nicht mit Anime!
Das ist ein Produkt für Kinder!
Selbst wenn Erwachsene es konsumieren, es ist für Kinder gedacht und das sollte man nicht anders darstellen.
Das Event sollte für Kinder sein!
Keine Sorge, ich lass nicht zu, dass sie so blöd sind und es an Erwachsene richten!
Ich setze meinen Projektentwurf durch!

Seine Wortwahl war unmöglich!
Er ist doch nur so arrogant, weil er der Sohn des Chefs ist!
Sorgen mache ich mir...
... nicht wegen des Projekts...
Oh, Momose, Nitta!
Schon fertig?
Wie war's?
Ich war so nervös!
Verstehe!
Aber Sadamura war echt krass!
Der widerspricht den Oberen...
Haha!
Der ist nur unsensibel!
Das hat das Meeting sicher aufgewühlt, oder?
Stimmt...
Die Stimmung war nicht die beste...

Momose, vermittle du da bitte mal!
Was?! Ich...? W... Wieso...
... denn das?
Dich mögen die Vorgesetzten.
Und Sadamura werden sie jetzt für frech halten.
Weil er ja auch frech ist...!
Ach ja!
Ihr habt ja nach dem Meeting noch gesprochen!
Oh, versteht ihr euch etwa gut?
Ach... wir kannten uns schon als Kinder...
Ihr wart Sandkastenfreunde?
Nein! Das nicht...
Verstehe, ihr kennt euch also schon lange!
Nein...
Momose! Übernimm das!
Wieso...
... passiert mir das?!
Seit er vor mir aufgetaucht ist...
... zerstört er meinen friedlichen Alltag immer mehr...!

Bin ich müde...
Ich hab gestern kein Auge zugetan...
Das Meeting ließ mir keine Ruhe...
... also hab ich bis zum Morgen Anime geschaut...
SEUFZ...
Heute Nachmittag ist das nächste Meeting...
Ich muss mich noch drauf vorbereiten.
DÖS...
HAH!
Mist, ich bin weggenickt!
üche
Ich mach mir einen Kaffee, um wieder munter zu werden...
TSCHACK
Ach, du bist's.
Ugh!

Ich mach's lieber selbst, bevor er's mir befiehlt.
Soll ich dir einen Kaffee machen?
SCHNAPP
Wa...Was ist...?
Komm mal mit.

W...
Was ist denn...?
Wo gehen wir hin?!
TSCHACK
Das Dach...?
Äh, was?
Du wirst doch nicht verlangen, dass ich vom Dach springe...?!
DEUK
DEUK
Bist du blöd?
Du hast fette Augenringe!
Leg dich bis zum Meeting etwas hin.

Sag mal...
Was willst du
eigentlich?

Sonst bist du doch immer nur fies zu mir...
Sei still und schlaf!
Ich hab keine Lust darauf, dass das Meeting darunter leidet, wenn du die ganze Nacht Anime guckst!
Was glaubst du, wessen Schuld das ist?!
Immer ärgerst du mich...
... und bringst mich total durcheinander...
Also warum...
... bist du jetzt so fürsorglich?
DÖS
WAAAH!
WAAAH!

J...Jetzt heul doch nicht!
Du bist doch bloß hingefallen!
Du bist bloß hingefallen, weil du so viel schleppst!
Du hast mich das doch tragen lassen...
Klappe! Zeig mal her!
Es blutet...
Du machst einem voll die Umstände!
Lass lieber...! So ein teures Taschentuch kann ich dir nicht ersetzen...!
Schon gut! Halt einfach die Klappe!
Wegen des Gegenlichts konnte ich nichts sehen...
Aber als du so verzweifelt mit dem Taschentuch mein Knie verarztet hast...
... was für ein Gesicht hast du da gemacht...?

Hey...
Steh auf!
Hey!
Mari-rin...?
Ist schon Mor-gen...?
Hah!
Hör auf zu träumen, du Otaku! Das Meeting beginnt!
BATSCH
Autsch!
Scheiße, der hat mir echt hart gegen die Stirn geschnippt...
SCHMEERZ
Momose, deine Stirn ist voll rot...
Alles gut...

Entschuldigen Sie...
Könnten Sie sich meinen Entwurf vor dem Meeting ansehen?
Sadamura...
Ich hab doch schon gesagt, dass wir das Event für Erwachsene ausrichten.
Darum möchte ich ja, dass Sie noch mal einen Blick darauf werfen...
An Erwachsene können wir das besser verkaufen.
Das möchte ich auch nicht abstreiten...
... sondern dafür sorgen, dass es Kindern gefällt...
Der Inhalt des Events steht bereits fest.
Mach du einfach, was dir aufgetragen wird.
Nein...!
Nicht schon wieder...!

Ver-
stehe...
Ich soll also einfach schwei-gen...
... und tun, was man mir sagt?
RAUN
Wa...?!
Entschul-digung...
Ich spreche mal mit ihm...!
Sa...
Sada-mura...!
GATAMM
Achte auf deine Wort-wahl...!
Reiß dich endlich zusam-men!

Warum sagst du so was...?!
Der hat doch angefangen!
Deine Wortwahl verdirbt die ganze Stimmung!
Wenn sie sich meine Unterlagen nicht ansehen wollen...
... dann brauchen wir weder Meetings noch ein Team.
Oder soll ich auch die Klappe halten...
... und wie der Rest brav mit dem Schwanz wedeln?
Du...
Du bist der Sohn des Firmenchefs und kannst dir deswegen vielleicht so eine Frechheit erlauben...
... aber wir versuchen alles, um es uns mit den Vorgesetzten nicht zu verscherzen!
HAH
Nein, ich...
Ich meinte nur, du solltest auf deine Wortwahl achten...

Alles klar... Dann entschul-dige ich mich, setz mich hin und halt die Klappe...
Sada-mura...!
Du denkst...
... also genau so wie alle anderen.

Das wahre Böse...
... ist nicht der Mülldämon, sondern es sind die Menschen, die hier ihren Müll entsorgen!
Der Mülldämon...
... hatte keine andere Wahl, als böse zu werden!
KRIEK
BWWW
BWWW
Ja, bitte?
Ach, Mama...

Hast du die Äpfel bekommen?
Ach, vorgestern kam ein riesiges Paket an...
Das sind also Äpfel?
Äpfel aus Nagano
Also wirklich! Wo hast du nur deinen Kopf?!
Deine Oma hat sie dir aus Nagano geschickt und sich gefragt, ob sie auch angekommen sind!
Gib ihr doch mal Bescheid!
Tut mir leid!
Bist du gesund?
Ja.
Hast du viel zu tun?
Ja, schon.
Lass dich ab und an mal zu Hause blicken! So weit ist es ja nicht.
Ja, ich weiß.
Schon gut. Aber gib auf dich acht, ja? Viel Erfolg!
Ja... Warte!
Als ich in der Grundschule war... da haben wir doch bei Oma gewohnt, bevor wir nach Tokyo gezogen sind, oder?
In Nagano.
Erinnerst du dich an diesen gemeinen Jungen, mit dem ich in den Sommerferien immer gespielt hab?
Was...? Gemein...?
Er kam aus einer reichen Familie, die im Sommer in ihrem Ferienhaus war.
Ach, den meinst du!
Diesen superhübschen Jungen! Hach, er war ja so ein Süßer!
War er das, ja?

Wir arbeiten jetzt in derselben Firma...
Ach ja, da fällt mir was ein!
Ihr wart doch oft auf dem Spielplatz, weißt du noch?
Selbst nachdem wir umgezogen sind, kam er wohl jedes Jahr noch da hin.
Was ...?
Er hat den ganzen Sommer ganz allein auf dem Spielplatz verbracht.
Deine Oma hat ihn da oft gesehen...
... und ihm auch einmal gesagt, dass ihr Enkel umgezogen ist.
Er meinte aber, er würde da auf dich warten, weil du ja zurückkommen könntest.
Der muss dich wirklich sehr gerngehabt haben!
»Gassi-Zeit ist vorbei, Pochi.«
»Jetzt heul doch nicht! Du bist doch bloß hingefallen!«
»Zeig mal her!«
»Sei still und schlaf!«

»Weil ich der Sohn eines Konzernchefs bin, schleimen sich alle immer nur bei mir ein.«
GRIP
»Du denkst...
... also genauso wie alle anderen.«
GATAMM
Er ist echt fies...
... arrogant...
... und geht mir total auf die Nerven...
DING DONG

HAAAH HAAAH
HAAAH HAAAH
Was machst...
... du hier...?
Die Brille... und das zerzauste Haar...
HAAAAAH
HAAAAH
Hat null Kondition.
Äh...
Mach dir keine Sorgen, ich benehm mich bei den Meetings...
Es tut mir leid!

Das... nach dem Meeting heute...
Du bist zwar echt gestört und die Vorgesetzten kriegen schnell einen Hass auf dich...
... du bist arrogant und frech...
Hey! Ich kill dich!
Aber eigentlich denkst du ernsthafter über das Projekt nach als alle anderen.
Und dann rede ich was von deinem Vater...
Ich hab deinen Fleiß und deine Einstellung zur Arbeit niedergemacht.
Das war ein Fehler...!

Es tut mir leid... Wenn du willst, dann hau mir ruhig eine rein...
ZUCK
SST
!
Äh? Du willst mich echt schlagen?!
Iiek!
BOFF

Bin ich froh...
Ich bin so froh...
... dass du mich verstehst ...
Ich erin-nere mich wieder...
An dem Tag, als ich hingefallen bin und geweint hab...

... hat er mein Blut abgewischt...
Und genau wie jetzt sah er auch damals wie ein verlaufener Welpe aus...
... der vor Angst zitterte.
Kapitel 3 Ende

Gib Pfötchen und lieb mich
Kapitel 4

7:4
Es ist Morgen...?
Huch...? Wann bin ich denn einge-schlafen...?
!
IIEK!
WHUPP
Äh...? Wieso...?! Hä?!
Äh... Wieso liegt der denn neben mir...? Hä...?

Ich kam gestern zu ihm, um mich zu entschuldigen... Und dann...
Ähm...
... dann geh ich mal wieder...
Sollen wir... drinnen reden...?

Dann bin ich in seine Wohnung rein...
Er war voll deprimiert, zog mich mit, damit wir uns aufs Bett setzen, und dann schwieg er trotzdem nur.
Und dann... sind wir wohl... eingeschlafen?
Bevor er aufwacht, sollte ich jedenfalls heim...
FFH..
FFH..
Schlafend sieht er wie ein Kind aus.
Pff!

So wirkst du wie ein Grundschüler...!
Hä?
SCHRECK
T...T... T...T...Tut mir leid!
RUUUTSCH
Starr nicht Leute beim Schlafen an!
Mach ich doch gar nicht!
Mach mir einen Kaffee...

Er wirkte irgendwie... verlegen...?
Gestern war er auch ganz sensibel und demütig. Er kann ja doch ganz süß sein!
Ich steh total drauf...
... wenn stark wirkende Charaktere so eine verletzliche Seite zeigen...
Halt!
Das ist nicht der richtige Moment für so was!
FUCHTEL FUCHTEL
SST
Was spielst du hier rum?
SCHRECK
Iiiek!
Sch... Schleich dich doch nicht so plötzlich von hinten an! Du hast mich erschreckt!
BADUMM BADUMM

Wie lange soll ich noch auf meinen Kaffee warten? Soll dein Herrchen dir zur Hand gehen?
Ich nehm alles zurück! An dem ist gar nichts süß!
Wenn dir das zu lange dauert, dann ist ja wohl deine Kaffeemaschine schuld!
Du spuckst aber große Töne!
...
Irgendwie fühlt sich das seltsam an...
Obwohl er so fies zu mir ist...
... kommt es mir vor, als würden wir uns schon ewig kennen...
... und ich kann bei ihm ganz ich selbst sein.

Sind das Unterlagen für das Projekt...?
Ja, auch wenn man meinen Vorschlag nicht umsetzen wird...
... könnten die Umfragen und die Marktforschung dennoch nützlich sein.
Umfragen? So was hattest du alles vorbereitet?
Ach, interessiert es dich so sehr, was ich mache?
Von wegen!
Ich langweil mich nur, weil der Fernseher aus ist!
Dann mach ihn doch an.
BIEP
Frau Segawa, wo sind Sie denn heute unterwegs?
Ich bin hier gerade auf dem Anime-Fest!

Das sind aber viele Menschen!
Oh ja! Es sind jedes Jahr gut 15.000 Besucher da!
So viele?!
Und alle sind gut drauf!
Das hab ich voll vergessen!!!
Ich muss dann auch langsam los... Hab noch was vor.
Bis dann!
WUPP
Was hast du denn vor?
Eine Trauerfeier...
Hä?!
IIEK!
Tut mir leid! Ich meinte das Anime-Fest, das jedes Jahr 15.000 Besucher hat!
Jetzt hab ich ihm instinktiv geantwortet...
Gut erzogenes Hündchen
Der lässt mich doch niemals gehen...!
Wobei, wer weiß? Letztes Mal hat es ja auch geklappt...
Du drängst dich mir auf, schläfst hier und haust dann einfach wieder ab?
Nein, also...
Du bist doch plötzlich hier aufgetaucht.
Ja... das schon...
Solltest du nicht wenigstens aufräumen, bevor du gehst?
Das wird wohl nichts...

Na ja, ich weiß ja, wie sehr du Anime liebst, also machen wir heute...
... eine Ausnah-me.
Ich darf also hin?
Ich gehe gern mit dir hin.
D...
Das ist ja der Oberhorror...!
TUMMEL
TUMMEL
Willkommen am Magical-Miracle-Stand!
Setzt euch Myu-Myus Öhrchen auf und schnappt euch seltene Karten!
Viel Spaß! Myu! ♪

MYU MYU
Was ist das?!
Myu-Myus Öhrchen! Sie ist Maririns magisches Haustier!
Es tut mir leid!
Willst du mich verar-schen?!
Danach hab ich nicht gefragt!!
Ohne die bekommt man aber keine limitierten Karten!
Limitierte Karten?
Die bekommt man, wenn man das Personal mit Myu-Myu-Mas-kottchen anspricht!
Bitte schön!
Für jede Karte bekommt man einen Stempel in seine Broschüre. Jeder bekommt maximal fünf.
Wenn wir insgesamt zehn sam-meln, sind vielleicht die dabei, die ich haben will!
Soll das heißen, dass ich auch wel-che für dich einsammeln soll?
Du brauchst die Karten doch nicht!
Ich meinte, dass ich die Ohren tragen muss, um für dich die Karten zu kriegen…
Die stehen dir gut!
Du kannst mich mal!

Also... ich werd dich nicht zwingen...
SEUFZ..
Gehen wir einfach!
Obwohl er mein Leben ganz schön durcheinander-gebracht hat...
... hört er mich dennoch jedes Mal wieder an und macht sich sogar Sorgen um mich.
Ich dachte, ich würde einen Monat lang die Zähne zusam-menbeißen...
... und mich dann nie wie-der mit ihm abgeben.
Doch nun...
Bitte schön! Myu-Myu!
V...V...V... Vielen Dank!

Uooooh!
Keine doppelten! Ich hab sie alle!
Krass...!
Schön für dich.
Du hast dich echt nicht verändert.
Damals hast du auch schon irgendwelche Anime-Karten gesammelt...
... und sie allein angeschmachtet.
Ich fand dich damals...
... irgendwie komisch.

»Er meinte aber, er würde da auf dich warten...
... weil du ja zurück-kommen könntest.«
Und? Wo geht's noch so hin?
Hör mal...
Meine Mutter hat mir am Tele-fon...
... von früher erzählt...
Von früher?
Meine Oma soll gesehen haben, wie du auf dem Spielplatz auf mich gewartet hast... auch nachdem ich weggezogen bin.
Hat sie erzählt.
...
STILLE...
WUPP
Quatsch! Oma muss sich geirrt haben! So ein scheißfrecher Bengel hätte nie so was Süßes gemacht...!

Äh...?
Wa...Wa... Wa...Wa... Was soll diese Re-aktion?!
Was kann ich dafür, wenn du plötzlich so was Ko-misches sagst!
Wolltest du so sehr mit mir spielen?
Das hättest du sagen sollen...
Quatsch! Ich wollte gar nicht mit dir spielen!
Was sollte das dann...?
Du warst nur meine erste Liebe! Ich war noch ein Knirps!

D...
Deine erste Liiieee-be?!
Schrei nicht so rum! Idiot!
Ich war da halt noch ein Kind.
Ein Scherz...
Sag mal...
... ist das also nicht...?
Aber...
Wieso... ich...?
Ich hab doch total düster drein-geschaut... und hatte uncoole Klamotten... Nicht gerade ansprechend.

Na ja...
... aus heutiger Sicht war ich einfach egoistisch.
Damals war ich durch und durch frustriert.
Meine Eltern waren Arbeitstiere und fast nie zu Hause.
Alle Erwach-senen und Freunde um mich herum schleimten sich nur bei mir ein.
Es war alles so langweilig.
Und dann sah ich dich in den Sommerferien auf dem Spielplatz, wie du dich allein über die Sammelkarten aus den Süßigkei-ten freutest.
Ich wusste nicht, dass das, was mein Vater herstellt, jemanden so glücklich machen kann.
Dein Anblick hat mich irgendwie erleichtert.
Ich und die Kinder um mich herum haben alle immer so erwachsen getan.
Aber du warst richtig kindlich, wie du dich so riesig über ein paar Süßigkeiten gefreut hast.
Darum hast du mir wohl auch gefallen.

Das ist doch verrückt!
Aber wer geht denn so mit jemandem um, den er mag...?
Deine Reaktionen waren zu göttlich!
HE HE HE HE!
Na ja, das war damals so.
Jetzt bist du nur noch ein Zeitvertreib.
Mach dir nichts draus.
Er sagt, das sei früher was anderes gewesen...
... aber jetzt macht er doch genau dasselbe wie damals.
Sag bloß...
... dass er mich immer noch...
Gehen wir, Pochi.

Aber was soll ich denn dann tun...?
Momose! Was hat Herr Sakazaki gesagt?
Er hat sich totale Sorgen gemacht...
Das war echt hart...
Waaas? Als ich zu spät kam, weil ich verschlafen hab, war er stinksauer!
Unfair!
Ich verstehe ja, dass es was anderes ist, wenn du verschläfst, aber trotzdem...
Du warst aber auch zum ersten Mal zu spät! Sonst bist du immer der Erste!
Eine Seltenheit!
Sadamura ist auch immer früh dran.
BADUMM

Der hat nichts damit zu tun!
Äh?! Wieso tickst du jetzt so aus?
Er war nicht der Grund, warum ich nicht schla-fen konnte, klar?!
Hä? Was hast du denn?
Scheiße...! Er ist wirklich ein Teufel, der mein Leben ins Chaos stürzt...! Der Kaiser des Bösen! Verflucht...!
Ach...
Hast du etwa über das Projekt nachge-dacht?
J...Ja, genau! Über das Projekt! Denken wir an das Projekt!
Am Nach-mittag ist wieder ein Meeting!
Sadamura hat sich letz-tes Mal zwar entschul-digt...
... aber ich hätte seinen Vorschlag gerne mal gesehen.
Schließlich war ich derselben Meinung wie er...
Das war ich doch auch!
TOILE
SPLASCH

Seine Art ist zwar etwas zu forsch, aber was er sagt und macht, ist an sich nicht falsch.
Aber jetzt ist es sowieso zu spät...
DADAMM
BA-DUMM!
W...Wieso muss ich ihm auf einmal begegnen?!
Wobei... Er hat mir ja nicht seine Liebe gestanden oder so... Benimm dich normal! Ganz normal!
Ganz normal...!
H...Hallo! D...Danke für gestern...!
Ähm, also... geben wir nachher...
... alles beim Meeting, ja?

Wie bist du denn drauf?
Hast du zu viele Anime gesehen und bist dadurch verrückt geworden?
Schlaf beim Meeting nicht ein, Pochi...!
Bis dann!
WINK WINK
I... Irgendwie...
Der ist total normal...!
... mach nur ich mir was draus?! Jetzt komm ich mir voll blöd vor!
Das war's für heute...!
Ich konnte mich kein bisschen aufs Meeting konzentrieren...
SEEUUFZ
Auf Wiedersehen!

Heute war er während des Meetings die ganze Zeit ganz ruhig...
Es ging ganz zügig und fried-lich über die Bühne.
Frieden ist immer gut...
Aber...
Hier...
... warum fühl ich mich dann so selt-sam...?

Ich kann ihn einfach nicht sich selbst überlassen...
Ich hab dir...
... einen Kaffee gemacht...
Woher kommt das denn auf einmal?
Nur so...
Fühlst du dich endlich wohl als Hündchen?
Nein, Mann!
Na ja, trotzdem danke.
Ist das dein Projektentwurf?
Hm? Ja.

Darf... ich mal sehen?
Hm? Von mir aus. Aber ob ein Hund das auch lesen kann?
Hier.
Na, hör mal!
BLÄTTER
...
Ist jetzt kein beson-ders cooler Vorschlag oder so...
Also... ich meine...
Das dürfte sogar klappen...
So genau musst du das auch nicht lesen...
Der Vorschlag ist richtig gut...!
Und interes-sant!

Warum überarbeitest du das nicht ein wenig und reichst den Entwurf noch mal ein?
Was redest du da...? Du hast doch gesagt, ich soll das lassen...!
Ich hab nur gesagt, dass du aufhören sollst, so scheißfrech zu sein!
Hä?!
Überarbeiten wir das und reichen es dann zusammen ein!
Auf mich werden sie vielleicht hören.
Aber dann stehst du schlecht da...
Ich bitte auch Herrn Sakazaki um Hilfe.
NERV
Du bist doch sonst immer so gemein, also mach dir gefälligst auch jetzt nicht solche Gedanken!
Das passt nämlich nicht zu dir!

Ha!
Ich werde den Entwurf über-arbeiten...
... also hilf mir dabei, Pochi!
Pläne waren mir egal und meinen Job hab ich einfach irgendwie erledigt.
Typisch Otaku! Du tippst echt schnell!
Klappe!
Ich weiß nicht, warum ich nun auch so Feuer und Flamme bin.
Das dachte ich zumindest immer...

Momose!
Sadamuras Vorschlag...
... wurde bewilligt!
Wenn ich mit ihm zusammen bin, erinnere ich mich vielleicht...
... an mein wahres Ich...
... das ich irgendwann zu unterdrücken begonnen hatte.
Hey...!

Oh, wolltest du dir gerade was zum Mittag holen?
Hast du es schon gehört? Dein Vorschlag...
Ja... Danke dir.
OH!
Irgendwie komisch, wenn du dich bedankst.
Führst du wieder was im Schilde?
Hier.
Ein kleines Dankeschön.
Hä...?
Auf dem Smartphone ist besagtes Foto von dir drauf...
Ich hab mir ein neues gekauft, also mach mit dem, was du willst.

Ist zwar etwas früh, aber ich erlöse dich.
Es war ein netter Zeitvertreib und du hast mir sogar bei dem Entwurf geholfen.
Als Hund hast du dich gut gemacht!
Ich hab deine Nummer gelöscht. Lösch du auch meine.
Danke für den netten Zeitvertreib, Pochi.

Wie schön...
Darauf habe ich doch so lange gewartet!
Meine friedlichen und ruhigen Tage sind zurück...!
ZIIIRP
ZIII
Nanu...?
ZIII
ZIII
ZIIIRP
Seit wann sind die Zikaden denn so laut...?

Wieso fühle ich mich...
... denn so ver-letzt...?
Er ist... echt das Letzte...!
Kapitel 4 Ende

Gib Pfötchen und lieb mich
Kapitel 5

Auf dem Smartphone, das er mir gegeben hat...
... war nur dieses eine Foto von mir drauf, sonst nichts.
»Du warst ein netter Zeit-vertreib...«
»... Pochi.«
GATAMM
GATAMM
GATAMM
GATAMM
GATAMM
GATAMM

GATAMM
GATAMM
Das heißt doch, dass ich jetzt nicht mehr sein Hündchen bin...?
Endlich frei...
Nein, Moment! Er ist echt durchtrieben!
Das Smartphone könnte ein Fake sein! Und dann macht er sich über mich lustig!
Reingefallen!
Du dummer Köter!
Uwah, das ist durchaus möglich...
Ich bin mir sogar sicher, dass es so ist!
Das hat er alles nur gesagt, um mich reinzulegen!
Verflucht! Ich hab mich zu früh gefreut!
Ugh!
Da ist er ja!

Guten Morgen, Herr Momose.
Äh ...?
Was war das denn...?
Eine neue Art mich zu mobben...?
Auf einmal macht der einen auf höflich und distanziert...?

Na ja, lieber das, als dass er mich drangsaliert.
Vielleicht war ich wirklich nur ein Zeitvertreib für ihn.
Aber wenn er jetzt genug hat...
... dann werde ich morgens nicht mehr geweckt...
... und kann an Wochenenden ungestört zu Events gehen.
Das hat nur Vorteile!
Also...
... warum hab ich dann...
... so ein seltsames Gefühl dabei...?

Morgen, Momose!
BATSCH
Herr Sakazaki...
Was träumst du so vor dich hin?
Haha!
Sie sind aber guter Laune...
Das tat weh...
SCHMEEERZ
Das bin ich!
War irgendwas?
Na, das Projekt! Alle reden darüber...
... und erwarten viel davon!
Das ist doch toll!

Ach ja... Ich...
... hab die Umfragen und Analysen vorangegangener Projekte ausgewertet...
... weil ich dachte, dass sie auch diesmal nützlich sein könnten.
Was halten Sie davon?
FLAPP
Du hast dich verändert, Momose.
Hm...?
Früher hast du wie ein Roboter einfach getan, was man dir gesagt hat.
Ich dachte, das wäre auch deine Stärke...
... aber nun wirst du auch mal wütend oder machst was auf eigene Faust...

Vielleicht hatte Sadamura...
... einen guten Einfluss auf dich?
Seit dieser Kerl aufgetaucht ist...
... hat er mich völlig aus der Bahn geworfen und mir nur Stress bereitet.
Vielleicht haben Sie recht...

... es hat immer Spaß gemacht.
Es war das erste Mal, dass ich mehr Spaß hatte...
... weil ich mit jemandem zusammen war.
MYU
MYU
Aber...
Und irgend-wann...
Küch
... fing auch ich an mir zu wün-schen, noch mehr Zeit mit ihm zu verbringen.

S...Soll ich dir einen Kaffee machen?
HAH!
Verdammt...! Das war ein Reflex!
Wie bei einem Hündchen...!
Machen Sie sich keine Umstände. Also dann...
Jetzt warte doch mal...!
ガッ
SCHNAPP

Dieses Smartphone ist doch nur ein Fake, oder?
Du wolltest doch nur, dass ich mich voreilig freue, um mir dann eins auszuwischen...!
Oder heißt das...
... dass du mit mir...
... nichts mehr...
... zu tun haben willst...?!
Ich...

WUPP
Das Spiel ist vorbei.
Hör endlich auf mir nachzu-laufen.
Was soll das alles...?!

Für dich war das also etwas, das man mal eben so ganz einfach been-den kann...?
Ab dem nächsten Monat gehen wir in den Verkauf! Wir werden viel zu tun haben! Hängen wir uns rein!
Auf Wieder-sehen!
PLAPPER
PLAPPER

War etwas zwischen Sadamura und dir?
Äh...? Wieso?
Ihr habt doch immer viel geredet...
... und nun wirkt ihr wie zwei Fremde.
Ich und er...
... standen uns noch nie besonders nahe.
Er ist sowieso arrogant und unsensibel.
Er ist ein verdammter Mistkerl!
Momose...?
Erst dringt er in mein Innerstes ein, tritt es mit Füßen und verwüstet alles...
... und dann soll ich ihm fernbleiben, weil er keine Lust mehr auf mich hat.
Er ist total egoistisch...

Lässt mich einfach allein zurück. Verdammter Egoist...!
Bar Irorian
Auf unser tolles Projekt! Gut gemacht!
Aber Herr Sakazaki... Die harte Arbeit fängt doch jetzt erst an...
Wenn ein Projekt erst mal gestartet ist, braucht man sich doch nur noch treiben zu lassen!
Trinken wir darauf!
Ich möchte Karaage* essen!
Okay!
* frittiertes Hühnchen

Oder, Momose?
Äh? Tut mir leid, ich hab nicht zugehört...
Du bist heute aber oft nicht bei der Sache!
Mensch...!
T... Tut mir leid...
Wir haben darüber gesprochen, dass das Projekt ein guter Ansporn für euch war!
Ich bin jetzt viel sicherer!
Sehr gut!
Und du, Momose?
GRIP
Ich...
... habe angefangen darüber nachzudenken...
... was ich so tun kann...

Huch? Sakazaki?
Also doch! Dich hört man überall raus!
Oh, Isehara!
Und Sadamura ist auch dabei!
Wir haben heute wohl beide unsere Kollegen ausgeführt!
Warum setzt ihr euch nicht zu uns? Wir haben Platz für sechs!
Gerne! Hier ist sonst alles besetzt!
Wie bitte?!

W...
Wieso musste das jetzt sein...?!
Sie haben also im selben Jahr angefangen?
Wir waren sogar an derselben Uni!
Isehara, du nimmst ein Bier, oder?
Sadamura, was willst du?
Ach!
Das Gleiche, bitte!
Vielen Dank!
Ach ja?!
Und du, Momose? Noch einen Oolong-Tee?
Ich nehme auch ein Bier...
Oh! Wie ungewohnt!
Du und Alkohol?
Mir ist danach...
Nüchtern steh ich das hier nicht durch!
Sehr gut! Trink, so viel du willst!

Sie trinken also kaum Alkohol, Herr Momose?
LÄCHEL
Der will mich mit seiner Scheinheilig-keit doch nur ärgern...!
Mann, nervt der mich...!
DONK
HICKS!
Alles okay, Momose?
War das nicht etwas zu viel?
Der hier sieht nicht besser aus! Heute sind wir alle gut dabei, was?
HEE HEE
Wir müssen doch auf den Erfolg des Projekts trinken!

Oh ja! Es ist schön, jüngeren Kollegen dabei zuzusehen, wie sie über sich hinauswachsen!
Na ja, unser Sadamura ist noch mal was Besonderes!
Der Sohn des Chefs ist eben eine Nummer für sich!
Drückt der einfach einen zuerst abgelehnten Entwurf doch noch durch!

»Durchdrücken« würde ich das nicht nennen.
Sie haben sich alle reingehä...
Nehmen Sie das zurück!
Dieser Kerl ist wirklich frech und unsensibel.
Nach außen hin tut er nett, ist aber eigentlich ein arroganter Querkopf!
H... Hey, Momose...!
Das geht zu weit...
Aber für dieses Projekt... hat er sich echt den Kopf zerbrochen...! Das ist sein Projekt...!
Er kommt morgens immer als Erster, wischt alle unsere Tische ab...
Und sein Vorschlag wurde angenommen...
... weil er hart dafür gearbeitet hat...!

Das müssen Sie verstehen... bitte!
Ich weiß selbst nicht mehr, was ich da rede.
Eigentlich hasse ich es wie die Pest, so was Blödes zu machen...
... wie meinen Vorgesetzten zu widersprechen.
Also...
... warum...?
Warum steigere ich mich da so rein...?

Oh, bist du wach?
?!
Also echt, sauf nicht so viel, wenn du nichts verträgst!
Äh? Wieso bin ich...?!
WUPP
Du hast dich in der Kneipe so betrunken, dass du nicht mal in ein Taxi steigen konntest.
Darum hab ich dich erst mal hierhergebracht.
Äh...?

Und Herr Sakazaki...?
Hat Herrn Isehara gestützt und ist gegangen...
... nachdem du so ausgetickt bist!
Wie konnte ich nur...? Das sind meine Vorgesetzten...!
Ich werde gefeuert...
Wirst du nicht.
Ich soll dir sogar eine Entschuldigung von ihm ausrichten.
Normalerweise sagt er so was auch nicht.
Er war sicher frustriert, weil sein Vorschlag gerade erst abgelehnt wurde.
...
Wieso hast du das nicht einfach überhört wie sonst auch?
Als ob ich das könnte!

Ich weiß doch, wie hart du daran gearbeitet hast!
Das konnte ich nicht überhö-ren!
Ich ruf dir ein Taxi. Fahr nach Hause...
Ich will nicht!
Du bist doch kein Kind...
Ich will nicht mehr tun, was du sagst!
Das musst du ja auch nicht...!
Ich werde nicht mehr auf dich hören, klar?!
Mir egal, wenn du sagst, dass ich dich in Ruhe lassen soll oder du keine Lust mehr auf mich hast!

Ich will bei dir sein.
Hä? Hast du dir den Kopf gestoßen?!
Lass los!!
Hab ich nicht!
Ich will nicht!!
Äh, Moment! Was... Hä? Was...?
Das ist doch nicht dein Ernst...!

Jetzt bin ich mit zu dir gekommen, weil du das wolltest...
... und du schweigst mich nur an? Was ist?
Jetzt sei doch mal kurz still!
Na, hör mal...
Ich muss meine Gedanken ordnen! Also halt den Rand, du Köter!
Ich versteh dich auch nicht! Erst stiftest du Chaos, und dann soll ich dich in Ruhe lassen!

Ich wollte meine erste große Liebe, die ich nie vergessen konnte...
... dazu bringen mich zu hassen, damit ich endlich damit abschließen kann.
Je öfter wir zusammen waren, desto mehr wollte ich dich haben.
Mir blieb keine Wahl, als auf Abstand zu gehen.
Hör endlich auf damit...
Befiehl es mir, wenn du unbedingt musst...
... Hauptsache, du sagst, dass du bei mir sein willst...

SWUSCH
Äh? Was wird das?
Jetzt? So plötzlich?
Äh... Hier?
Pochi...
... halt den Mund!

Ja...
Nh...
Ah...!
War...!
Nh...
Dafür, dass du dich so zierst, klingt deine Stimme ganz schön erotisch...
Was ist das? Das ist so peinlich! Mir dreht sich alles im Kopf...!

PESCHUUUUUU
Im Ernst jetzt?!
Hey! Wach auf, Pochi! Los!!
SCHÜTTEL
SCHÜTTEL
Pochi! Verarsch mich nicht!
Dusseliger Mistköter!!
Nh...
DREH

ぱちっ
GUCK
Einen schönen guten Morgen.
Äh... hä?
Bist du...
Die Erinnerungen kommen zurück...
... wütend...?
Das Herrchen ist für die Erziehung seines Hündchens verantwortlich!
HAHAHAHAHAHA!
Nachdem du eingeschlafen bist, hab ich dich umgezogen und hierher getragen, aber ich bin doch nicht wütend!
Und wie du das bist!
T...Tut mir leid...
GÄHN...
Was soll's. Nach den ganzen durchgemachten Nächten konnte ich endlich mal wieder ausschlafen...
Na los, Pochi!
Komm her!
Behandel mich nicht wie einen Hund!

Ich werde dich schön verwöhnen!
Er spielt mit mir seine Spielchen und hält mich die ganze Zeit auf Trab.
Ich frag mich echt, wieso ich diesen Kerl liebe.
Aber sei zärtlich, klar?
Ja-ja...!
Kapitel 5 Ende

Zieh dich aus...
... Pochi!
FLAPP
Gib Pfötchen und lieb mich!
Bonuskapitel
Muss das sein...?
Jetzt...?
Mit-ten am Tag...?

Na klar! Gestern bist du ja einge-schlafen!
Jetzt zier dich doch nicht so!
Zieh dich aus!
Iiiek!
Hab keine Angst!
Aber du machst mir Angst!
Hä?! Wieso mach ich dir Angst?!
KYAAAAH!
ZITTER
ZITTER
ÄH?!
Ist ja gut. Hab's verstan-den.
KRIEK
TSCHACK

BATAMM
Hab ich ihn jetzt mega wütend gemacht...?!
Ich hab Angst...!
Wie unheimlich!
Wieso hab ich mich ausgerechnet in so einen verliebt?!
Wieso hat der so einen dünnen Geduldsfaden?
Nein, das ist es nicht...
Immer, wenn er wirklich wütend wird...
TSCHACK

H...Hör mal...
Hm?
Ist Kaffee okay? Ich hab Eis reingetan. Ist aber noch nicht ganz kalt.
Was, wolltest du ihn lieber heiß?
Nein... kalt ist toll...
Aber darum geht es nicht!
Äh...?
Warst du nicht wütend?
Na ja, wenn du es nicht tun willst...
... dann müssen wir es nicht tun.
Wenn du Angst hast, dann werde ich netter sein.

Ich liebe dich...
... und will dich gut behandeln.
BLUSH
?!
Du... kannst doch...
... nicht plötzlich deine Einstellung ändern!
Hä? Hab ich doch gar nicht.
Das ist...
... echt nicht fair...

KRIEK
FFT
Du...
... liebst mich wirklich, was?
W...Was willst du auf ein-mal...?!
Ich kann noch nicht glauben...
... dass du...
...jetzt mir ge-hörst...
Er ist fies...
... und penet-rant...

... aber gleichzeitig auch ein Angsthase.
KRIEK
Nh...
HAAAH
Obwohl er so rück-sichtslos ist...
ZUCK
... sind die Hände, die mich berühren...
TSCHUPP
... so unver-gleichlich zärtlich...
TSCHUPP
Nh...!
Ah...!
Ah...
Dafür, dass du dich so gesträubt hast, scheint es dir ja doch ganz gut zu gefallen.
Halt die Klappe!
Ah...!
SCHAUDER
STREICHEL

Hast du immer noch...
... Angst vor mir...?
HAH...
Willst du...
... es wirklich tun?
HAH
Er ist wirklich unfair...
HAH...
Ist...
... schon gut...
Ich hab keine Angst mehr.
Mach schon...

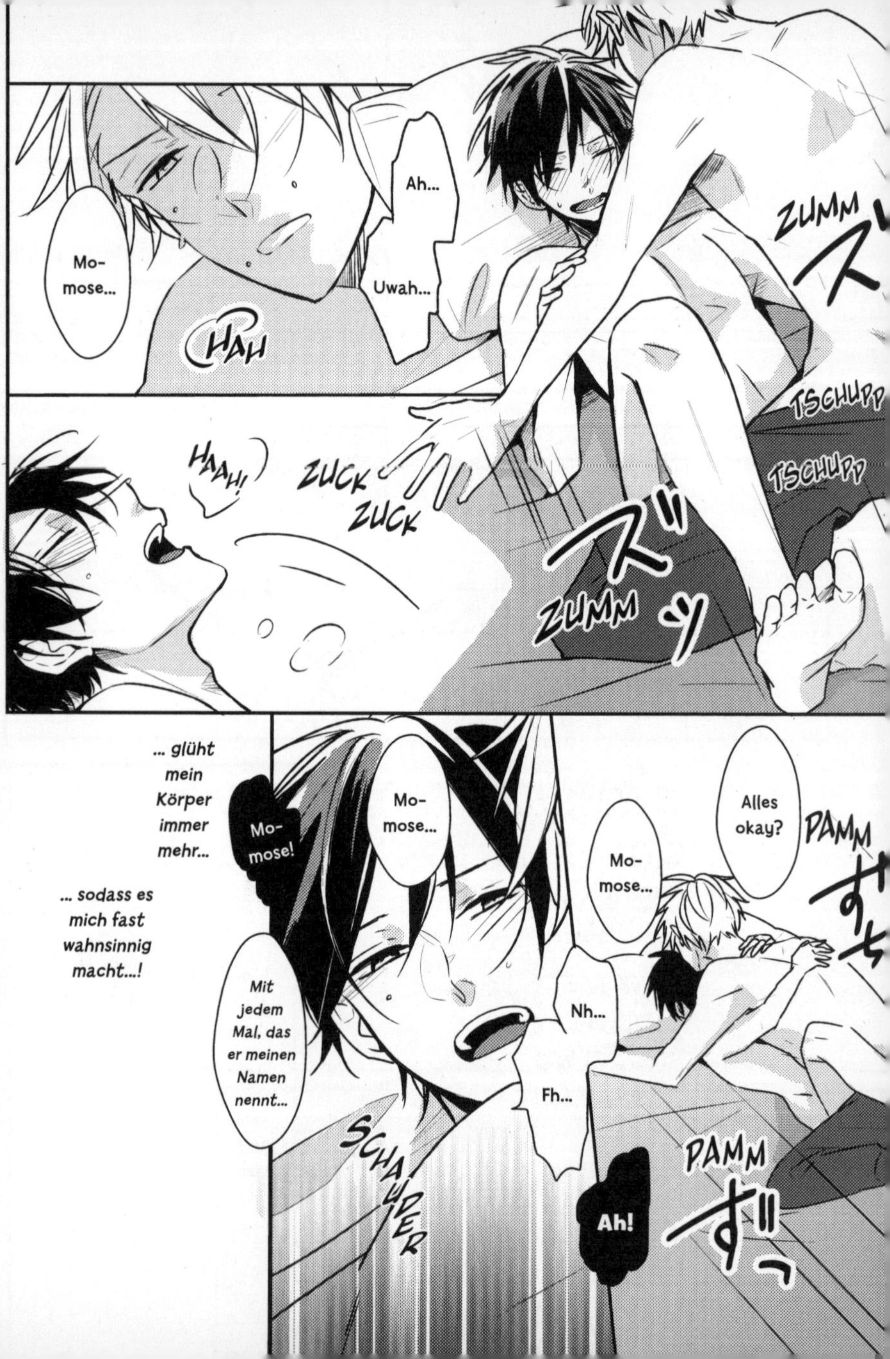

ZUMM
Ah...
Uwah...
Mo-
mose...
HAH
TSCHUPP
TSCHUPP
ZUMM
ZUCK
ZUCK
HAAH!
PAMM
Alles okay?
Mo-
mose...
Mo-
mose...
Mo-
mose!
... glüht mein Körper immer mehr...
... sodass es mich fast wahnsinnig macht...!
Mit jedem Mal, das er meinen Namen nennt...
Nh...
Fh...
PAMM
Ah!
SCHAUDER

Ich habe den Sommer gehasst.
Mo-mose...!
AH!
AH!
PAMM
KISS
Das Schwitzen...
HAAH
KISS
FFH
... und dass es draußen so laut war.
Doch jetzt...
HAAH
HAH
... scheine ich es...
KLACKER

Bonuskapitel Ende

Gib Pfötchen und lieb mich

Gib Pfötchen und lieb mich

ist ein japanischer Manga, der originalgetreu von »hinten« nach »vorne« und von rechts nach links gelesen wird! Schlagt das Buch also »hinten« auf und blättert Seite für Seite nach »vorne« weiter! Auch die Bilder und Sprechblasen werden von rechts oben nach links unten gelesen, wie es in der Grafik gezeigt wird! HAYABUSA wünscht gute Unterhaltung!

HAYABUSA

Aus dem Japanischen von Kaja Chilarska
OTESHITE AISHITE

Originally published in Japan in 2019 by TOKUMA SHOTEN PUBLISHING CO.,LTD., Tokyo.
German translation rights arranged with TOKUMA SHOTEN PUBLISHING CO.,LTD., Tokyo, through TOHAN CORPORATION, Tokyo.
Redaktion: Cordelia Suzuki
Herstellung: Maria Niemann

ISBN: 978-3-551-62045-3

FOLLOW THE FALCON
www.hayabusa-manga.de
www.carlsen.de
hayabusa_manga

MIX
Papier aus verantwortungsvollen Quellen
FSC
www.fsc.org
FSC® C083411